♥ 추천·감수 **이 어 령**

1934년 충청남도 아산에서 태어났습니다. 서울대학교에서 국문학을 전공하고, 스물다섯 살에 작가가 되었습니다. 40년 넘게 대학에서 학생들을 가르쳤고, 여러 신문사 논설위원과 초대 문화부 장관을 지냈습니다. 지은 책으로 〈생각에 날개를 달자〉, 〈축소 지향의 일본인〉, 〈매화〉, 〈이어령 라이브러리〉 등이 있습니다.

♥ 엮음 **정 재 은**

전남대학교 사학과를 졸업했습니다. 현재 어린이를 위한 여러 책을 기획하고 쓰고 있습니다. 지은 책으로 〈머리가 좋아지는 우리 역사 이야기〉, 〈수리수리 마법처럼 풀어지는 수학풀이 책〉, 〈우리 역사 한 입에 꿀꺽〉, 〈슈바이처〉, 〈파브르〉, 〈나이팅게일〉 등이 있습니다.

♥ 그림 **권 영 묵**

한국출판미술협회 회원으로 활동하고 있으며, 어린이를 위한 그림을 그리고 있습니다. 그린 책으로 〈은빈이의 외출〉, 〈사람은 무엇으로 사는가〉, 〈내 몸이 작아졌어요〉 등이 있습니다.

이 책의 표지는 일반 용지보다 1.5배 이상 고가의 고급 용지인 드라이보드지를 사용해 제작하였습니다. 표지를 드라이보드지로 제작하면 습기의 영향을 덜 받기 때문에 본문 용지가 잘 울지 않고, 모양이 뒤틀리지 않아 책을 오랫동안 보존할 수 있습니다.

이 책은 기존의 석유 잉크 대신 친환경 식물성 원료인 대두유 잉크를 사용하여 인쇄하였습니다. 대두유 잉크는 선진국에서 널리 사용하고 있는 고가의 대체 잉크로, 휘발성이 적어 인쇄 상태의 보존이 용이하고, 인체에 무해할 뿐만 아니라 눈에 부담을 주지 않는 자연스러운 색을 내는 특징이 있습니다.

뚜우~.
리어 왕
납시오!

생각통통 명작문학 25
리어 왕

총기획 및 발행인 박연환 발행처 (주)한국헤르만헤세 출판신고 제17-354호
주소 서울특별시 송파구 석촌동 7-3 대표전화 (02)470-7722 팩스 (02)470-8338
연구개발원
주소 경기도 성남시 분당구 금곡동 444-148
대표전화 (031)715-7722 팩스 (031)786-1100 고객문의 080-715-7722
편집 김양미, 김범현 디자인 조수진, 우지영, 성지현, 한지희

www.hermannhesse-book.co.kr

생각통통 **명작문학** 25 삶의 진실이 담긴 이야기

리어 왕

월리엄 셰익스피어 지음 | 정재은 엮음 | 권영묵 그림

한국헤르만헤세

이 책의 주인공들

King Lear

리어 왕

브리튼의 왕. 두 딸의 아첨에 빠져 나라를 몽땅 그들에게 물려주지만 버림을 받고, 막내딸마저 언니들의 음모로 죽게 되자 스스로 목숨을 끊고 맙니다.

코델리아

리어 왕의 막내딸. 아버지를 사랑하지만 바른 말을 하여 미움을 사서 쫓겨납니다. 언니들이 내쫓은 아버지를 구하러 오지만, 전쟁에서 지고 죽임을 당합니다.

에드먼드

글로스터 백작의 둘째 아들. 음모를 꾸며 형 에드거를 쫓아내고, 브리튼을 통째로 차지하기 위해 리어 왕의 큰딸과 작은딸에게 접근합니다.

맥베스

스코틀랜드의 장군. 마녀의 잘못된 예언에 빠져 덩컨 왕을 죽이고 자신이 왕이 되지만 죄책감에 시달리다가 결국 파멸에 이르지요.

뱅쿠오

맥베스의 동료 장군. 마녀들에게서 자신의 자손이 왕이 된 다는 예언을 듣지만 맥베스가 보낸 자객의 손에 죽게 되고, 유령이 되어 맥베스를 찾아오지요.

맥더프

파이프의 영주. 덩컨 왕의 살해범으로 맥베스를 의심하지만 맥베스의 미움을 사서 영국으로 도망칩니다. 나중에 맬컴 왕자와 힘을 합쳐 맥베스에게 복수를 합니다.

라이샌더와 헤르미아

서로 사랑하지만, 아버지의 반대로 결혼할 수 없자 다른 곳으로 도망가기로 약속합니다. 하지만 요정들의 장난 때문에 헤어질 뻔했다가 결국 결혼에 이르게 되지요.

데메트리우스와 헬레나

헬레나는 데메트리우스를 사랑하지만 데메트리우스는 헤르미아를 사랑합니다. 어긋나는 두 사람의 관계를 불쌍히 여긴 요정이 둘을 맺어 줍니다.

오베론과 티타니아

요정들의 왕과 왕비. 오베론은 마법을 걸어서 티타니아를 골탕 먹이지만, 얼마 후 둘은 서로 화해하고 모든 사람에게 축복을 내립니다.

이 책을 읽기 전에

셰익스피어는 지금으로 치면 최고 인기 드라마 작가였어요.

오빠! 로미오와 줄리엣, 최고예요!

어쩜 그렇게 멋진 작품을 쓸 수 있죠?

그의 대사는 전 세계적인 유행어들을 낳았어요.

사랑은 눈이 아니라 마음으로 보는 거랍니다.

흥, 그거 셰익스피어가 한 말이죠?

죽느냐 사느냐, 바로 그게 문제다.

니가 그러니까 웃긴다, 웃겨.

셰익스피어는 인도 땅을 준다 해도 안 바꿔.

이놈의 인기는 식을 줄을 몰라요!

셰익스피어의 작품들은 교양인이라면 꼭 보아야 하는 책으로 알려져 있답니다.

셰익스피어를 모르는 사람하고는 절대 안 놀아요.

창피해!

얼른 집에 가서 셰익스피어의 작품을 읽어야지.

나도!

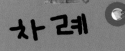
생각통통 **명작문학** 25

리어 왕

리어 왕

리어 왕의 세 딸

브리튼의 리어 왕에게는 딸이 셋 있었어요.

큰딸 고너릴은 올바니 공작과 결혼했고, 둘째 딸 리건은 콘월 공작과
결혼했어요.

막내딸 코델리아만 아직 결혼을 하지 않았는데, 버건디 공작과
프랑스 왕이 청혼한 상태였지요.

리어 왕은 나이가 너무 많아 나랏일을 돌보기가 힘에 부쳤어요.

몸과 정신이 약해져 딸들에게 나라를 넘겨 주고 편히 쉬고 싶었지요.

"사랑하는 딸들아, 너희가 나를 얼마나 사랑하는지 말해 보렴.
나를 사랑하는 만큼 내 영토를 나누어 주겠다."

큰딸은 아버지를 사랑하지 않았지만 영토가 탐이 났어요.

"아버지, 저는 말로 다 할 수 없을 만큼 아버지를 사랑해요.
아버지는 세상에서 가장 소중하니까요."

리어 왕은 큰딸의 말을 그대로 믿었어요.

그래서 큰딸 부부에게 나라의 3분의 1을 주었어요.

둘째 딸도 언니에게 질세라 아첨을 늘어놓았어요.

"제가 할 말을 이미 언니가 다 해 버렸네요.
당연히 이 세상 무엇보다도 아버지를 사랑하죠."

아버지, 저는 드릴 말씀이 없어요.

11

못된 것!
네게는 영토를
한 뼘도 줄 수
없다.

리어 왕은 그 말에 흡족해서 둘째 딸
부부에게도 영토의 3분의 1을 주었어요.
리어 왕은 평소 가장 아끼는 막내딸이 어떤
말을 할지 잔뜩 기대했어요.
"코델리아, 너는 얼마나 사랑하느냐?"
리어 왕이 기대에 찬 얼굴로 물었어요.
"아버지, 저는 드릴 말씀이 없습니다.
자식으로서 아버지를 사랑하는 것,
그 이상도 그 이하도 아닙니다."
코델리아는 땅을 얻으려고 아버지의 비위를
맞추고 싶지는 않았어요.
"코델리아, 다시 한 번 생각해 보아라.
그렇지 않으면 크게 후회할 것이다."
리어 왕은 코델리아의 말에 몹시
섭섭했어요.
하지만 코델리아의 대답은 한결같았어요.
"아버지는 저를 낳아서 길러 주셨어요.
그러니 당연히 아버지를 사랑하지요.
하지만 아버지만 사랑한다고 말할 수는
없어요. 저도 결혼하면 제 사랑의 반은
남편에게 주어야 하니까요."

막내딸은 자기 마음을 솔직히 말했어요.

하지만 성질이 급하고 판단력이 흐려진 왕은 분노에 차서 어리석은

결정을 하고 말았어요.

"그렇다면 네 마음대로 해라. 난 네게 땅을 한 뼘도 주지 않겠다."

리어 왕은 남은 땅을 큰딸과 둘째 딸에게 주어 버렸어요.

그리고 자신은 두 딸의 집에서 번갈아 가며 머무르겠다고 했어요.

리어 왕의 충신인 켄트 백작은 이 결정이 잘못됐다고 생각했어요.

"폐하, 이번 결정은 옳지 않습니다. 다시 생각해 보십시오."

"시끄럽소. 화살은 이미 활시위를 떠났소."

리어 왕은 켄트 백작에게까지 호통을 쳤어요.

하지만 켄트 백작은 그대로 물러날 수 없었어요.

"폐하, 아직은 왕권과 영토를 넘겨 주실 때가 아닙니다.

제발 코델리아 공주님의 진심을 알아주십시오."

화가 날 대로 난 리어 왕은 켄트 백작을

추방하라고 명령했어요.

그리고 코델리아의 문제를 해결하려고 그녀에게

청혼한 프랑스 왕과 버건디 공작을 불렀어요.

"이제 코델리아는 재산이 한 푼도 없소.

그래도 결혼하겠소?"

결혼하면
남편도 사랑해야
하니까요.

리어 왕은 코델리아의 진심을 몰랐군.

버건디 공작은 처음부터 코델리아의 재산을 노렸기 때문에 재빨리 청혼을 취소하고 떠났어요.

하지만 프랑스 왕은 진실한 코델리아가 더욱 마음에 들었어요.

"리어 왕이시여, 코델리아 공주님은 정말 훌륭하신 분입니다. 저는 코델리아 공주님을 프랑스로 모셔가 왕비로 삼겠습니다."

프랑스 왕은 코델리아 공주의 손을 잡고 프랑스로 떠났어요.

코델리아는 마지막으로 언니들에게 아버지를 간곡히 부탁했어요.

"지금 네가 언니들에게 충고하는 거냐?"

"우리 일에 신경 쓰지 말고 네 남편 기분이나 잘 맞춰라."

언니들은 떠나는 코델리아에게 쏘아붙였어요.

언니들의 품성을 누구보다 잘 아는 코델리아는 앞날에 대한 불안감을 안은 채 프랑스로 떠났어요.

떠나는 코델리아의 뒷모습을 지켜보면서 고너릴이 리건에게 속삭였어요.

"아버지는 노망이 나셨어. 그렇게 애지중지하던 코델리아를 쫓아 버린 것만 봐도 알 수 있지. 이제 우리가 아버지의 노망을 감당해야 할 거야."

"맞아요, 언니. 그러니까 우리가 똘똘 뭉쳐서 아버지에게 대항해야 해요."

두 사람은 벌써부터 시커먼 본심을 드러냈어요.

무시무시한 음모

한편, 리어 왕의 신하인 글로스터 백작의 집에도 어두운 그림자가
드리우고 있었어요.
글로스터 백작에게는 에드거와 에드먼드라는 두 아들이 있었어요.
형 에드거는 인정 많고 착한 성품을 지녔지만 동생 에드먼드는
간악하고 욕심이 많았답니다.
에드먼드는 자신보다 더 인정받는 형을 모함할 계략을 꾸몄어요.
그때 글로스터 백작이 한숨을 쉬며 들어왔어요.
"에드먼드, 켄트 백작이 쫓겨났단다. 코델리아 공주님은 프랑스로
떠났고, 폐하께선 왕권을 두 딸에게 넘기셨지. 아아! 이 모든 일이
한꺼번에 일어나다니."
그런데 에드먼드는 글로스터 백작을 보자 등 뒤로 뭔가
감추며 당황한 표정을 지었어요.
"에드먼드, 등 뒤에 감춘 것이 무엇이냐?"
"아무것도 아닙니다, 아버지. 차라리 보지 않으시는 게……."
에드먼드는 한참 뜸을 들이다 편지를 내놓았어요.
큰아들 에드거가 에드먼드에게 보낸 편지였어요.
편지를 보고 난 백작은 얼굴이 노여움으로 가득 찼어요.
둘이 함께 아버지를 죽이고 재산을 차지하자는 내용이
적혀 있었거든요.

"아니, 에드거가 어떻게 이런 일을? 내가 그렇게 믿었는데……."
백작은 온몸을 부들부들 떨었어요.
에드먼드는 아버지가 자신의 계략에 말려들자 속으로 웃었어요.
하지만 겉으로는 형을 두둔하는 척했지요.
"아버지, 고정하세요. 형님의 진심은 아닐 겁니다. 아마 제 효심을
떠보려고 일부러 이런 편지를 보냈을 겁니다."
그러자 백작의 노여움은 더욱 커졌지요.
"당장 이놈을 잡아 오너라. 세상이 어떻게 되려고 이런 일이 생길까?
아들은 아버지에게 등을 돌리고, 왕은 충신을 쫓아내고……."
조금 뒤, 영문을 모르는 에드거가 집에 들어오자 에드먼드는 황급히
형을 제 방으로 데리고 들어갔어요.

아니, 에드거가
어떻게 이런 일을?
내가 그렇게
믿었는데…….

형은 처음부터
아버지를 해치려
했어요.

“에드먼드, 무슨 일이 있는 게냐?”

“형님, 혹시 아버지께 무슨 잘못한 일이 있습니까? 지금 매우 화가
나셔서 형님을 가만두지 않겠다고 하십니다.”

“잘못한 일? 없는데. 혹시 누군가 나를 모함한 것이 아닐까?”

“그럴지도 모르지요. 하지만 아버지의 화가 누그러질 때까지 피해
있는 게 좋을 것 같습니다.”

에드먼드는 에드거를 자신의 방에 숨겼어요.

재산을 두 딸에게 나누어 준 뒤, 리어 왕은 먼저 큰딸 고너릴의 성에
머물렀어요.

고너릴은 처음 며칠 동안은 아버지를 잘 모셨지만 곧 귀찮아졌어요.

게다가 리어 왕은 성격이 급해서 조금이라도 식사 시간이 늦어지거나
일이 자신의 뜻대로 되지 않으면 노발대발 화를 냈어요.

“어서 저녁을 준비해라. 나를 기다리게 하면 가만두지 않겠다.”

리어 왕이 하인들을 꾸짖을 때 한 남자가 들어와 무릎을 꿇었어요.

“너는 누구냐?”

“폐하, 저는 폐하의 충직한 하인입니다.”

그 남자는 사실 켄트 백작이었어요.

켄트 백작은 리어 왕이 걱정되어 변장을 하고 다시 찾아온 거예요.

“그래? 나를 섬기고 싶다면 그렇게 하여라.”

리어 왕은 쉽게 켄트 백작을 받아 주었어요.

그리고 고너릴과 함께 저녁을 먹으려고 식당으로 갔어요.

그런데 아무리 기다려도 고너릴이 오지 않았어요.

"어서 고너릴을 불러라. 고너릴과 함께 식사를 해야겠다."

고너릴은 아프다는 핑계를 대며 끝까지 나타나지 않았어요.

리어 왕은 자신을 대하는 딸의 태도가 예전 같지 않다고 느꼈어요.

날이 갈수록 고너릴의 태도는 쌀쌀해져만 갔어요.

아버지에게 인사를 하러 오기는커녕 만나는 것조차 귀찮아했고,

하인들에게도 리어 왕에게 함부로 대해도 좋다고 지시했지요.

"아버지가 해 달라는 대로 해 주지 말고 무례하게 굴어도 좋다.

나를 찾으면 아파서 누워 있다고 대충 둘러대고……."

눈치 빠른 하인들은 고너릴의 뜻을 알아채고 리어 왕에게 무례하게

흥, 아버지
마음대로
하세요.

못된 것!
이제 네 동생의
궁으로 가겠다.

20

굴었고, 켄트 백작이 없었다면 리어 왕은 하인들에게 봉변을
당할 뻔한 적이 한두 번이 아니었어요.

리어 왕은 참을 수 없어서 딸을 직접 만나 물었어요.

"고너릴, 무슨 일이 있느냐? 요즘 내게 들르지도 않고."

고너릴은 잔뜩 신경질이 난 표정으로 쏘아 댔어요.

"아버지를 호위하는 기사들 때문이에요. 내 성을 난장판으로 만들고
있잖아요. 도대체 아버지한테 기사가 백 명씩 필요한 이유가 뭐예요?
제 집에 계속 계시려면 기사의 수를 절반으로 줄이세요."

리어 왕은 노발대발했어요.

"며칠 전까지 대왕국을 다스리던 왕에게 기사 백 명이 많다니?"

리어 왕은 고너릴의 말을 도저히 받아들일 수 없어서 둘째 딸의
집으로 떠나기로 결심했어요.

리어 왕이 떠난다는 말을 듣고 고너릴의 남편 올바니 공작이 놀라서
달려왔어요.

"아버님, 어디로 가신다는 말씀이십니까?"

"네 집에 머문 지 이제 겨우 두 주일 되었다. 그런데 내 기사를 반으로
줄이라고? 너희에게 온갖 재앙이 내릴 것이다."

리어 왕은 고너릴의 성을 떠나기 전, 켄트 백작 편에 자신과 기사들이
떠난다는 편지를 둘째 딸에게 보냈어요.

그런데 같은 시각, 고너릴도 하인인 오즈월드를 시켜 리건에게
편지를 보냈지요.

거듭되는 배신

켄트 백작과 오즈월드는 거의 같은 시간에 리건의 성에 도착했어요.
리건은 남편 콘월 공작과 함께 두 통의 편지를 모두 읽어 본 뒤,
아버지를 피해 글로스터 백작의 집으로 떠났어요.
켄트 백작과 오즈월드도 그들의 뒤를 따랐지요.
리건과 콘월 공작이 자신의 집으로 온다는 소식을 들은 에드먼드는
이 틈에 형을 영원히 쫓아내려는 계략을 세웠어요.
에드먼드는 서둘러 제 방에 숨어 있는 형에게 달려갔어요.
"형님, 어서 피하세요. 아버지가 형님이 여기 있는 걸 눈치챘어요."
"이대로 떠날 수는 없어. 잘못한 게 없으니……."
에드거는 아버지와 오해를 풀려고 마음먹었어요.

형님이 아버지를 해치려고 해서 그만…….

당장 그놈을 잡아 오너라.

22

하지만 에드먼드는 형과 아버지를 만나지 못하게 할 작정이었어요.

에드먼드는 형에게 말할 틈도 주지 않고 칼을 뽑더니 소리쳤어요.

"앗! 아버지다. 용서하세요, 형님. 형님과 싸우는 척해야겠어요."

에드먼드는 일부러 자기 왼쪽 팔에 상처를 냈어요.

소란스런 소리에 글로스터 백작이 달려오자 에드먼드가 외쳤어요.

"아버지, 살려 주세요. 형님이⋯⋯."

당황한 에드거는 일단 어둠 속으로 몸을 피했고, 곧 글로스터 백작이
나타났어요.

"에드먼드, 에드거는 어디 있느냐?"

"아버지, 형님이 아버지를 해치려는 걸 막느라 그만 다쳤습니다."

에드먼드는 상처를 보여 주며 천연덕스럽게 거짓말을 했어요.

"뭐라고? 당장 그놈을 잡아 오너라."

그 순간 나팔소리가 울리며 리건과 콘월 공작이 도착했어요.

"글로스터 백작, 여기 오면서 이상한 소문을 들었소. 사실이오?"

글로스터 백작은 아들 에드거가 자신을 해치려 한다는 사실이
부끄러워 우물쭈물 대답을 하지 못했어요.

"어머나, 사실인가 봐요. 혹시 글로스터 백작의 큰아들이 아버지의
　　　기사들과 내통하는 게 아닐까요?"

　　"맞습니다. 형님은 그놈들과 한 패입니다."

　　　리건이 멋대로 지어낸 말에 에드먼드가 얼른 맞장구쳤어요.
　　　리건의 환심을 사기 위해서였지요.

"그렇다면 놈들이 글로스터 백작의 재산을
가로채려고 아드님을 꼬드긴 게 분명해요. 아유,
끔찍해라. 그 기사들이 우리 성으로 몰려 온다고
해서 우리가 이리로 몸을 피한 것이랍니다."
두 사람의 말을 들은 글로스터 백작은 에드거가
자신을 해치려 한다는 게 사실이라고 믿었어요.
리어 왕은 호위 기사를 이끌고 고너릴의 성에서 나와
리건의 성에 도착했어요.
그런데 리건과 콘월 공작은 물론 하인들도 리어 왕을
맞이하러 나오지 않았어요.
"아무도 없느냐? 나 리어 왕이 왔노라."
그러자 하인 하나가 겨우 나와 공작 부부는 글로스터 백작의
성으로 떠났다는 말을 전했어요.
리어 왕은 불길한 예감이 들었지만 어쩔 수 없이 글로스터
백작의 성으로 향했고, 백작의 성문 앞에서 뜻밖의 광경을
목격하고 말았어요.
켄트 백작이 기둥에 꽁꽁 묶여 있는 것이었어요.
"감히 내 하인을 묶다니! 당장 리건을 불러오너라."
리어 왕이 불같이 호통을 쳤어요.
리건과 콘월 공작은 마지못해 밖으로 나왔지요.
"아버지, 그동안 잘 지내셨는지요?"
리건은 애써 친절하게 인사를 건넸어요.

리어 왕은 딸의 얼굴을 보자 노여움을 풀고 하소연하듯 말했어요.
"오오, 사랑하는 내 딸아. 네 언니가 내게 얼마나 고약하게 했는지
아느냐? 너는 내가 당한 수모를 도저히 믿을 수 없을 것이다."
리어 왕은 둘째 딸이 자신을 위로해 줄 것이라고 생각했어요.
하지만 리건의 입에서 전혀 예상치 못한 말이 흘러나왔어요.
"언니가 아버지께 소홀했다니, 믿을 수 없어요. 어서 언니한테
돌아가서 사과하세요."
　"나보고 용서를 빌라고? 너도 고너릴이 한 짓을 알면……."
　그때 나팔소리가 울리며 고너릴이 나타났어요.

폐하,
콘월 공작
부부가 저를
이렇게…….

괘씸한 것들!
감히 내 하인을
묶다니!

25

리어 왕은 고너릴을 보자마자 호통을 쳤어요.

"아비를 내쫓고 부끄럽지 않느냐? 나는 리건의 성에 머물 것이다."

하지만 리어 왕의 기대는 금세 깨졌어요.

"아버지, 그냥 언니랑 함께 돌아가세요. 기사는 반으로 줄이고요."

리어 왕의 얼굴이 절망으로 변했지만, 리건은 조금도 상관하지 않고
언니보다 더 쌀쌀맞게 말했어요.

"제 성에는 아버지의 기사 백 명이 머물 곳이 없어요. 그래도 제게
오시려거든 기사를 스물다섯 명으로 줄이시든지요."

리어 왕은 리건에게까지 모욕을 당하자 분노로 심장이 터질 것
같았어요.

하지만 꾹 참으며 이번에는 고너릴에게 말했어요.

"아무래도 네게 다시
가야겠다. 너는 기사 쉰 명은
된다고 했지?"
"잠깐만요. 아버지에게 기사가 왜 필요하죠?
기사들은 남겨 두고 아버지 혼자 오세요."
리어 왕은 그제야 두 딸이 자신을 모시지 않으려고 트집을
잡는다는 사실을 깨달았지요.
그리고 자신의 어리석음을 후회했어요.
"이 못된 것들! 내가 너희에게 반드시 복수하고 말 테다!"
리어 왕은 비탄에 잠긴 목소리로 울부짖으며 폭풍우 치는
들판으로 뛰쳐나갔어요.

리어 왕의 비극

들판에는 천둥 번개가 치고, 거센 비바람이 몰아쳤어요.
하지만 리어 왕의 마음속에는 들판의 폭풍우보다 더 세찬 바람이
몰아치고 있었어요.
리어 왕은 황량하고 어두운 들판을 헤매며 울부짖었어요.
"폭풍우야, 은혜를 모르는 인간들을 쓸어버려라."
리어 왕을 따르던 기사들은 비바람을 피해 흩어졌어요.
오직 켄트 백작만이 리어 왕의 곁을 끝까지 지켰지요.
"폐하, 이렇게 비를 맞으시면 건강에 해롭습니다."
켄트 백작은 근처의 오두막으로 리어 왕을 모셨어요.
그런데 오두막 안에는 웬 거지가 웅크리고 있었어요.
리어 왕은 거지에게 횡설수설 말을 걸었어요.
"자네도 딸들에게 배신을 당했나?"
거지는 정신이 나갔는지 콧노래만 흥얼거렸어요.
사실 거지는 글로스터 백작의 큰아들 에드거였어요.
에드거는 아버지에게 쫓기는 몸이 되자 신분을
숨기고 거지 노릇을 하고 있었던 거예요.
리어 왕은 거지를 상대로 말도 안 되는 소리를
끝도 없이 중얼거렸어요.
켄트 백작은 리어 왕의 정신이 이상해진 걸
알았어요.

딸들의 배신으로 충격을 받은 리어 왕이 미치고 만 거예요.

켄트 백작은 프랑스로 시집간 코델리아에게 이 사실을 알리고

도움을 받아야겠다고 생각했어요.

그래서 몇몇 기사들에게 리어 왕을 자기 친구가 사는 도버

성으로 모시고 가라고 부탁한 뒤 프랑스로 떠났어요.

"아아! 리어 왕께서는 자식 때문에 속을 태우고, 나는

아버지 때문에 고난을 겪는구나."

에드거는 리어 왕의 뒷모습을 안타깝게 바라보며
기도했어요.

리어 왕이 딸들에게 쫓겨나는 모습을 본 글로스터 백작은
예전의 위엄 있던 왕의 모습이 떠오르자 마음이 아팠어요.
그래서 어떻게든 리어 왕을 도와야겠다고 결심했지요.
백작은 자신의 생각을 에드먼드에게 털어놓았어요.

나를 좀
도버로 데려다
주시오.

예,
걱정 마시고
제 손을 꼭
잡으세요.

'아버지가 콘월 공작 몰래 리어 왕을 돕겠다고? 어서 이 사실을 콘월 공작에게 알려야겠다. 그럼 아버지 재산은 모두 내 차지가 되겠지.'

에드먼드의 생각대로, 콘월 공작 부부는 글로스터 백작이 리어 왕을 도우려 한다는 사실을 알자 당장 백작을 잡아들였어요.

"이 반역자! 네가 프랑스 놈들과 짜고 리어 왕을 빼돌리다니……."

콘월 공작과 리건은 글로스터 백작을 모질게 고문했어요.

보다 못한 백작의 하인이 칼을 뽑아 콘월 공작에게 덤볐지만, 잔인한 공작은 결국 백작의 두 눈을 뽑아 버렸어요.

그 싸움에서 콘월 공작도 큰 상처를 입었어요.

"에드먼드, 에드먼드!"

글로스터 백작은 도움을 구하려고 에드먼드를 불렀어요.

하지만 에드먼드는 나타나지 않고, 리건의 비웃음만 돌아왔어요.

"어리석은 놈! 네놈을 밀고한 자가 바로 에드먼드다."

백작은 비로소 에드먼드의 계략에 휘말린 사실을 알고 크게 후회했지만 이미 때는 늦었어요.

백작은 두 눈이 뽑힌 채 들판에 버려졌어요.

에드거는 들판에서 거지 행세를 하던 중 글로스터 백작을 만났어요.

처참한 몰골을 한 아버지를 보자 에드거는 슬픔이 밀려왔어요.

"이보시오, 이 돈을 줄 테니 나를 도버로 데려다 주시오."

글로스터 백작은 누군 줄도 모르고 에드거에게 도움을 청했어요.

"예, 걱정 마시고 제 손을 꼭 잡으세요."

에드거는 슬픔을 누른 채 아버지의 손을 잡고 도버로 향했어요.

비극의 끝

코델리아 공주는 켄트 백작에게서 아버지의 비극에 대해 들었어요.
코델리아는 남편인 프랑스 왕과 의논하여 못된 언니들을 벌하려고
군대를 이끌고 도버로 떠났지요.
도버에 도착하자마자 코델리아는 맨 먼저 아버지를 찾아갔어요.
코델리아는 곤히 자고 있는 리어 왕의 뺨에 조용히 입을 맞췄어요.
"너는…… 코델리아의 망령이냐?"
리어 왕이 잠에서 깨어나 헛소리를 했어요.
"아버지, 저 코델리아예요. 저를 알아보시겠어요?"
코델리아는 눈물을 흘리며 아버지의 손을 잡았어요.
리어 왕은 딸의 얼굴을 가만히 들여다보았어요.
"울지 마라. 네가 나를 원망해도 나는 할 말이 없구나."
"아니에요, 아버지. 저는 누구를 원망하지도, 미워하지도 않아요."
"용서해라. 내가 어리석었다."

바닷가 절벽 위에 위치한 도버 성이랍니다.

32

두 딸의 몹쓸 행동에 충격을 받아 정신이 이상해졌던 리어 왕은
코델리아를 만나 제정신을 찾아가는 듯했어요.

한편, 콘월 공작은 글로스터 백작의 하인과 싸우다 생긴 상처가
덧나는 바람에 죽고 말았어요.

리건은 속으로 에드먼드를 좋아하고 있었는데, 남편이
죽어서 에드먼드와 다시 결혼할 수 있게 되자 기뻤어요.

그런데 언니 고너릴 역시 에드먼드를 좋아하고 있었어요.

에드먼드는 브리튼의 영토를 몽땅 차지하려고 고너릴과 리건 두 사람
모두에게 사랑 고백을 했어요.

코델리아를 도우려고 프랑스 군대가 쳐들어오자 고너릴의 남편
올바니 공작은 에드먼드와 함께 브리튼을 지키기 위해 나섰어요.

치열한 싸움이 계속된 끝에 전쟁은 브리튼의 승리로 끝났어요.

코델리아와 리어 왕은 그만 에드먼드의 포로가 되었어요.

올바니 공작은 포로들을 모두 풀어 줄 생각이었어요.

그래서 에드먼드에게 포로들을 자신에게 보내라고 했지요.

"그렇게는 못합니다. 포로 문제는 나중에 얘기하지요."

전쟁에서 승리하여 의기양양해진 에드먼드는 마치
왕처럼 말했어요.

"백작, 당신은 내 신하이니 내 말대로 하시오."

올바니 공작은 에드먼드의 태도가 불쾌했어요.

그런데 리건이 올바니 공작의 말에 발끈했어요.

"이번 전쟁의 공을 생각하면 에드먼드에게도 올바니 공작과 같은
지위를 부여하는 게 옳아요. 우리는 곧 결혼할 사이이니 에드먼드의
신분도 형부와 같습니다."

리건은 전쟁이 끝나자마자 에드먼드와 결혼하겠다고 밝혔어요.

고너릴은 질투로 얼굴이 붉으락푸르락했지요.

두 자매가 에드먼드를 사이에 두고 다투고 있을 때 한 청년이 뛰어
들어와 에드먼드에게 결투를 신청했어요.

"에드먼드, 신과 아버지의 이름으로 너를 처단하러 왔다."

청년은 칼을 빼 들고 에드먼드에게 달려들었어요.

에드먼드는 청년과 싸우다 칼에 찔렸어요.

"에드먼드! 내 사랑 에드먼드!"

고너릴은 그만 남편도 잊고 에드먼드에게 다가가 눈물을 흘렸어요.

올바니 공작은 고너릴과 에드먼드의 관계를 알아차렸어요.

"자네는 누구인가?"

올바니 공작이 청년에게 물었어요.

"저는 글로스터 백작의 큰아들 에드거입니다."

에드거는 에드먼드가 아버지와 자신을 이간질한 이야기와 아버지가

고통 속에 돌아가셨다는 이야기를 들려주었어요.

그때 시종이 피 묻은 칼을 들고 뛰어 들어왔어요.

"큰일 났습니다. 공작 부인께서 돌아가셨습니다."

"누가 죽었단 말이냐?"

"고너릴 공작 부인께서 동생을 독살하고 자살하셨습니다."

에드거의 칼에 찔려 죽어 가던 에드먼드는 자신 때문에 여러 사람이

목숨을 잃게 되자 양심의 가책을 느꼈어요.

그래서 자신의 마지막 죄를 고백했어요.

"사실은…… 코델리아 공주를 죽이려고 자객을 보냈습니다.

어서 가서 공주를 구하시오."

올바니 공작과 에드거는 서둘러 코델리아가 갇혀 있는

감옥으로 달려갔어요.

그런데 막 감옥 앞에 도착했을 때, 울부짖는 소리가 들렸어요.

"코델리아, 내 딸! 내 딸이 죽었다!"

코델리아가 이미 자객의 손에 목숨을 잃은 것이지요.

리어 왕은 딸을 안고 사자가 울부짖듯 소리를 질렀어요.
"이 살인자들, 반역자들! 내 딸마저 죽이다니……. 코델리아, 너를
죽인 자들에게 반드시 복수하고 말 테다. 불쌍한 내 딸."
리어 왕은 횡설수설하다가 쓰러졌어요.
코델리아의 죽음에 큰 충격을 받아 그만
죽고 만 것이지요.
이렇게 해서 리어 왕의 비극은
끝이 났어요. 사람들은 리어
왕의 이 비극을 진심으로
슬퍼했어요.

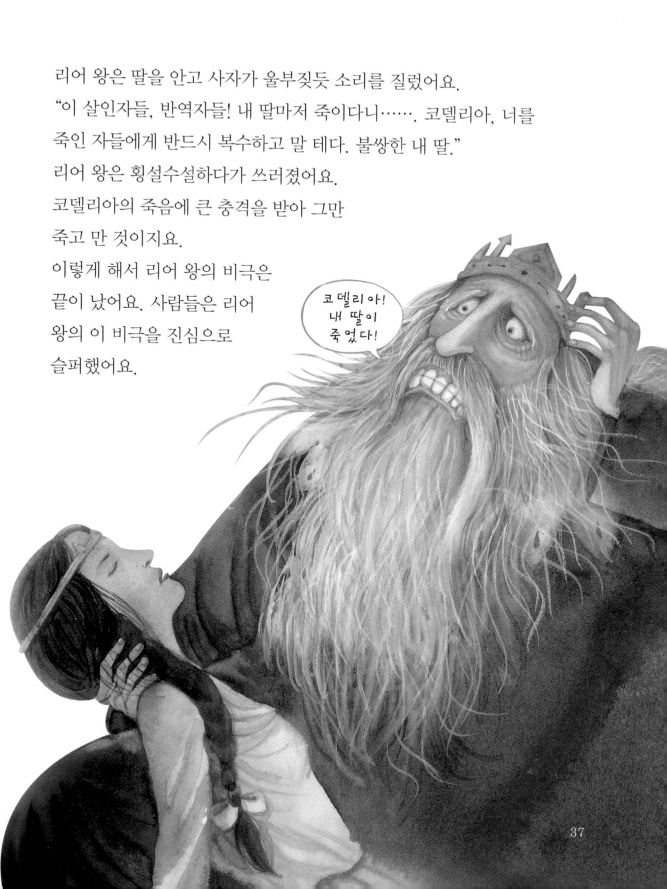

37

맥베스

마녀의 예언

스코틀랜드가 노르웨이와 한창 전쟁을 할 때의 일이에요.

스코틀랜드는 코더의 영주가 노르웨이 편을 드는 바람에 어려움을

겪었지만, 맥베스라는 장군 덕분에 전쟁에서 이길 수 있었어요.

맥베스는 스코틀랜드 덩컨 왕의 사촌으로, 나라가 위기에 빠질

때마다 구해 낸 영웅이었어요.

어느 날 맥베스가 동료 장군 뱅쿠오와 함께 덩컨 왕의 궁전으로

가려고 들판을 지나고 있었어요.

그런데 갑자기 흉측하게 생긴 마녀들이 앞을 가로막았어요.

"너희들은 누구냐?"

맥베스가 소리쳤어요.

그러자 그중 하나가 손가락을 맥베스의 입술에 대며 외쳤어요.

"맥베스 장군님, 글래미스 영주님."

맥베스는 순간 주춤했어요.

마녀들이 자신이 글래미스의 영주인 걸 알고 있었기 때문이에요.

다른 마녀가 외쳤어요.

"맥베스 장군님, 장차 코더의 영주가 되실 분."

맥베스는 더욱 놀랐어요.

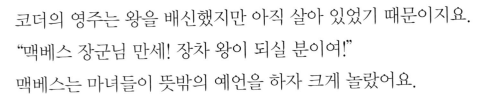

스코틀랜드의
에든버러
성이랍니다.

스코틀랜드는
영국 북쪽에 위치한
왕국이었는데, 1707년에
영국과 합쳐졌지요.

코더의 영주는 왕을 배신했지만 아직 살아 있었기 때문이지요.

"맥베스 장군님 만세! 장차 왕이 되실 분이여!"

맥베스는 마녀들이 뜻밖의 예언을 하자 크게 놀랐어요.

마녀들은 뱅쿠오를 보고도 외쳤어요.

"뱅쿠오 장군님, 자손 중에서 왕이 나실 행복하신 분."

마녀들은 맥베스와 뱅쿠오가 무슨 말을 할 겨를도 없이 안개 속으로

사라져 버렸어요.

잠시 후, 두 사람이 정신을 차리자 덩컨 왕의 신하가 다가왔어요.

"맥베스 장군, 왕께서 장군에게 코더의 영주 자리를 내리셨습니다."

마녀들의 예언이 실현되자 맥베스의 놀라움은 더욱 커졌어요.

"아직 코더의 영주가 살아 있는데 무슨 말이오?"

맥베스가 묻자 신하는 영주가 반역죄로 처형되었다고 전했어요.

맥베스의 마음속에 복잡한 생각들이 떠올랐어요.

'마녀들의 말이 사실이라면 내가 정말 왕이 된다는 말인가?'

맥베스는 검은 욕망이 꿈틀거렸어요.

"뱅쿠오 장군, 마녀들의 예언이 들어맞았으니 머지않아 장군의

자손이 왕이 되겠구려."

맥베스는 뱅쿠오를 슬쩍 떠보았어요.

"그게 무슨 큰일 날 소리인가? 마녀들의 예언일랑 잊어버리게.

그렇지 않으면 정말로 왕관까지 탐내게 될지도 모르니까."

뱅쿠오는 맥베스가 마녀들의 말에 흔들린다는 걸 눈치챘어요.

맥베스는 성으로 돌아오자 아내에게 마녀들의 예언을 전했어요.

그러자 원래 야심이 많은 맥베스의 아내는 마녀들의 예언대로 남편을

왕으로 만들겠다고 맹세했어요.

가장 빠른 방법은 지금의 왕을 없애는 것이었지요.

"마녀들의 예언도 있었으니 좀 기다려 보는 건 어떻겠소?"

맥베스는 왕을 처치하자는 말에 쉽게 동의할 수 없었어요.

하지만 아내는 갖은 말로 남편을 꾀었어요.

"나만 믿으세요. 당신은 그저 평소처럼 사람들을 맞으면 돼요."

마녀들의 말대로
내 남편을 꼭
왕으로 만들고
말 거야.

마녀들이
내가 왕이
된다는구려.

마침 그날 밤, 전쟁의 승리를 축하하려고 덩컨 왕이 맥베스의 성을
방문해 하룻밤을 묵기로 했어요.

덩컨 왕은 맬컴과 도널베인 왕자를 거느리고 맥베스의 성으로 왔고,
맥베스의 아내는 사악한 욕심을 숨긴 채 왕을 대접했어요.

그날 밤, 덩컨 왕은 일찍 잠자리에 들었어요.

왕의 침실에는 호위병들이 있었지만 맥베스의 아내가 이미 독한 술을
먹여 잠재워 놓았지요.

맥베스의 아내는 남편을 설득했어요.

"오늘 밤이 아니면 기회가 없어요. 당신이 순식간에 해치우고
살인죄는 호위병들한테 덮어씌우면 돼요."

그 말에 용기를 낸 맥베스는 왕의 방으로 가 단숨에 왕을 찔렀어요.

맥베스의 두 손은 왕의 피로 붉게 물들었지요.

그때 어디선가 목소리가 들려왔어요.

"맥베스, 너는 잠을 살해했다. 그러므로 생명력을 불어넣어
주는 고마운 잠을 이제부터 너는 이루지 못하리라."

맥베스는 두려운 나머지 피가 뚝뚝 떨어지는 칼을 그대로 든 채
아내에게 달려왔어요.

맥베스가 잔뜩 겁에 질려 있어서, 아내는 할 수 없이 맥베스의 칼을
들고 호위병들이 있는 곳으로 달려가 그들의 손에 칼을 쥐여 주고
얼굴에도 피를 묻혔지요.

누가 봐도 호위병들이 왕을 죽인 것처럼 보이도록 말이에요.

불안한 맥베스

"왕이 죽었다! 반역이다!"

다음 날 아침, 왕이 살해된 채 발견되자

성안은 발칵 뒤집혔어요.

"도대체 누구 짓이냐?"

맥베스는 불같이 화를 내며 단칼에 호위병을 죽였어요.

파이프의 영주 맥더프가 호위병을 죽이면 안 된다고 말렸지만

맥베스는 듣지 않았어요.

호위병들이 이상한 소리라도 지껄이면 큰일이기 때문이지요.

하지만 성안 사람들은 이상한 낌새를 알아차렸어요.

특히 맬컴 왕자와 도널베인 왕자는 안 좋은 일이 더 일어날지

모른다고 생각했어요.

두 왕자는 잠시 외국으로 나가 있기로 했어요.

맬컴 왕자는 브리튼으로, 도널베인 왕자는 아일랜드로 몸을

피했어요.

두 왕자가 외국으로 떠나자, 나라에는 왕자들이 호위병을 매수해

왕을 죽였다는 이상한 소문이 돌았어요.

이런 소문 덕분에 왕의 사촌인 맥베스는 쉽게 왕위에 오를 수

있었어요.

맥베스가 왕이 되는 걸 본 뱅쿠오는 마녀들의 예언을 떠올렸어요.

'마녀들의 예언대로 맥베스가 결국 왕이 되었구나. 아마도 더러운

방법을 썼겠지. 그러나 명심해라. 마녀들의 예언이 사실이라면 결국
내 후손이 스코틀랜드 왕이 된다.'
뱅쿠오의 마음에도 조금씩 기대가 부풀어 올랐어요.
그와 달리 맥베스는 날이 갈수록 불안해졌어요.
'내 자손이 아니라 뱅쿠오의 자손이 왕위를 잇는다면,
나는 결국 뱅쿠오의 집안을 위해 덩컨 왕을 죽인 꼴이
아닌가? 그럴 수는 없어.'
맥베스는 뱅쿠오의 가족을 없앨 궁리를 했어요.
덩컨 왕을 죽일 때처럼 감쪽같이 일을
처리하려고 뱅쿠오와 그의 아들
플리언스를 포함해 모든 영주들을
초대하는 파티를 열었어요.
그리고 자객을 불러 파티에 오는
뱅쿠오와 플리언스를 몰래 죽여
버리라고 일렀어요.
맥베스의 아내는 남편이 무슨
일을 꾸미는 것을 알았지만
일부러 모른 척했어요.
그녀도 부당한 방법으로
얻은 왕비 자리 때문에
불안과 두려움 속에서

쥐도 새도
모르게 처리해
버리겠습니다.

그러니까
뱅쿠오와
그 아들 녀석을
조용히…….

43

하루도 편히 잠을 잘 수 없었어요.
하지만 남편의 괴로움을 누구보다 잘 아는지라 남편에게 오히려
위로의 말을 건네곤 했지요.
그리고 맥베스는 자신을 이해해 주는 유일한 사람인 아내에게서
마음의 위안을 얻었어요.
밤이 깊어지자 영주들이 하나둘 파티에 참석했어요.
하지만 뱅쿠오는 내내 모습을 나타내지 않았어요.
"어허, 뱅쿠오가 늦는구나. 혹시 무슨 일이 생긴 게 아니냐?"
맥베스는 일부러 뱅쿠오를 염려하는 말을 흘렸어요.
그때 자객의 모습이 보이자 맥베스는 조용히 자객에게 다가갔어요.
"폐하, 그자의 목은 벴으나 아들은 그만 놓치고 말았습니다."

잘 있었나?
맥베스.

썩
물러가라!

"이런! 아들 녀석을 해치워야 내 마음이 가벼워질 텐데……."

맥베스는 길게 탄식했어요.

그 모습을 본 아내가 무슨 눈치를 채고 다가왔어요.

"폐하, 초대한 손님들을 대접하셔야지요? 제발 정신 차리세요."

맥베스는 정신을 가다듬어 파티를 즐기려 했어요.

그런데 맥베스가 막 자리에 앉으려 할 때였어요.

뱅쿠오의 유령이 맥베스의 의자에 앉아 있는 게 아니겠어요!

맥베스는 의자를 손가락으로 가리키며 소리쳤어요.

"물러가라! 너는 왜 피투성이 머리카락을 내게 흔드는 거냐?"

손님들은 어리둥절한 얼굴로 맥베스를 바라보았어요.

유령은 맥베스의 눈에만 보였기 때문에 손님들은 맥베스가 허공에 대고 소리친다고 생각했지요.

맥베스의 아내는 당황해서 얼른 맥베스를 막았어요.

혹시나 실수하여 지금까지 지켜 온 엄청난 비밀을 말해 버릴까 봐 겁이 났지요.

"폐하가 요즘 너무 피곤하셔서 가끔 헛것을 보신답니다. 그만 돌아가 쉬십시오."

맥베스는 뱅쿠오의 유령을 본 뒤 한시도 편안할 날이 없었어요.

맥베스의 아내도 마찬가지였어요.

두 사람은 엄청난 비밀을 다른 사람에게 털어놓을 수도 없어 하루하루가 답답하고 괴로울 뿐이었어요.

맥베스는 마침내 전에 만났던 마녀들을 찾아가기로 결심했어요.

두 번째 예언

맥베스는 마녀들을 처음 만났던 들판으로 갔어요.
마녀들은 맥베스가 올 줄 알고 있었어요.
마녀들이 주문을 외웠어요.
"지옥의 유령들아, 모습을 나타내라."
곧 요란한 소리와 함께 지옥의 유령이 나타났어요.
"왕이여! 파이프의 영주 맥더프를 경계하라."
맥베스는 고개를 끄덕였어요.
맥더프가 자신을 싫어하는 걸 알고 있었기 때문이죠.
다음으로 피투성이 어린아이 유령이 나타났어요.
"맥베스! 두려워 말라. 여자가 낳은 자는 너를
해칠 수 없다."
맥베스는 비로소 안도의 숨을 내쉬었어요.
여자가 낳지 않은 자는 세상에 없기 때문이지요.
이어서 왕관을 쓴 세 번째 유령이 나타났어요.
"누가 반역을 하건 상관 마라. 버넘 숲이 던시데인 언덕을
넘어오지 않는 한 너는 결코 멸망하지 않으리라."
세 번째 유령의 말에 맥베스는 자신이 생겼어요.

여자의 몸에서
난 자는 너를
이기지 못하리라.

왕이여!
맥더프를
조심하시오.

"그렇지. 어떻게 숲이 언덕을 넘어온단 말이냐.
그런데 뱅쿠오의 자손이 정말 왕이 되는가?"
"더 이상은 알려고 하지 마십시오."
마녀들은 이 말을 남긴 채 사라졌어요.
맥베스는 결국 뱅쿠오의 후손들이 자기 뒤를 이어
스코틀랜드 왕이 될 것임을 깨달았어요.
성으로 돌아오자 좋지 않은 소식이 기다리고
있었어요.
맥더프가 영국으로 달아나 맬컴 왕자와 힘을 합쳐
스코틀랜드로 쳐들어온다는 것이었어요.
"맥더프, 가만두지 않겠다."
맥베스는 파이프 성에 있던 맥더프의 가족을
모두 죽여 버리라고 명령했어요.
신하와 병사들은 맥베스의 잔인함에 차츰
맥베스의 곁을 떠나갔어요.

숲이 언덕을
넘어오지 않으면
절대 멸망하지 않을
것이오.

49

뭐라고? 숲이 어떻게 움직인단 말이냐?

맥베스의 최후

맥베스가 전쟁 준비에 열을 올리는 사이,
왕비의 불안은 점점 깊어졌어요.
하루에도 수십 번씩 손을 씻고, 정신 나간 사람처럼
헛소리를 하는가 하면, 밤이면 악몽에 시달렸지요.
"아직도 피 냄새가 나네. 어떻게 해야 손이 깨끗해질까?
아니야, 이제 그만두세요. 누가 볼지도 몰라요."
왕비는 죄책감에 그만 스스로 목숨을 끊고 말았어요.
맥베스는 자신을 위로해 주던 아내가 죽자 실의에
빠졌어요.
그러면서도 괴로운 마음을 달래려고 맬컴 왕자와
맥더프와의 전쟁 준비에 더욱 박차를 가했어요.

맥베스는 닥치는 대로 병사들을 모았지만 이미 맥베스의 잔인함을
아는 백성들은 맥베스의 병사가 되기를 꺼렸어요.

보복이 두려워 어쩔 수 없이 맥베스의 병사가 된 사람들도 은근히
맬컴 왕자와 맥더프의 군대가 이기기를 바랐어요.

그 무렵 맥더프와 맬컴 왕자의 군대는 버넘 숲까지 진군했어요.

하지만 맥베스는 마녀들의 예언을 믿고 여전히 큰소리를 쳤어요.

"아무도 나를 해치지 못한다. 나는 절대 멸망하지 않을 것이다."

그때 파수병이 달려와 맥베스 앞에 무릎을 꿇고 말했어요.

"숲이, 버넘 숲이 움직입니다. 던시데인 언덕을 넘어오고 있어요."

"뭐라고? 어떻게 숲이 움직인단 말이냐?"

맥베스는 갑옷을 차려입고 직접 확인에 나섰어요.

그런데 정말 버넘 숲이 움직이고 있었어요.

사실은 숲이 움직이는 게 아니라 맬컴의 병사들이 언덕을 넘어오며
적에게 들키지 않도록 나뭇가지로 위장한 것이었지요.

그런데 이 모습을 멀리서 보면 꼭 숲이 움직이는 것처럼 보였어요.

맥베스는 유령의 예언 하나가 적중하자 크게 실망했어요.

"성문을 열어라. 앉아서 당할 수는 없다."

맥베스는 적진으로 뛰어들었어요.

던시데인 언덕은 곧 치열한 전쟁터로 변했어요.

하지만 전세는 맬컴 왕자 쪽으로 기운 지 오래였어요.

맥베스의 병사들마저 맬컴 왕자를 지지하고 나섰기 때문이지요.

맥베스는 닥치는 대로 칼을 휘두르다 맥더프와 마주쳤어요.

맥베스는 마녀의 예언 때문에 맥더프를 피하려 했어요.

하지만 맥더프가 그 앞을 가로막았어요.

"어디로 도망가느냐?"

"나는 네 아내와 자식들의 피만으로도 충분하다."

하지만 맥더프가 가족의 원수를 그냥 둘 리 없었지요.

맥더프는 칼을 높이 들고 달려들었어요.

맥베스는 또다시 유령의 예언을 떠올렸어요.

"맥더프, 네가 아무리 칼을 휘둘러도 나를 어쩌지 못할 것이다.

이 세상에서 여자가 낳은 자는 나를 해칠 수 없다."

맥베스의 말에 맥더프는 웃음을 터뜨렸어요.

"그따위 말이 무슨 소용이냐! 더구나 나는 태어날 달이 되기도 전에

어머니의 배를 가르고 나온 몸이다."

그 말에 맥베스는 마지막 희망마저 잃었어요.

맥베스는 그제야 자신이 마녀들의 유혹에 빠져 엄청난 일을

저질렀음을 깨달았어요.

"맥더프, 너와는 싸우고 싶지 않다. 그동안 내가 마녀들의 속임수에

넘어가 어리석은 일을 저질렀다."

모든 희망을 잃은 맥베스는 싸울 힘도 없었어요.

하지만 맥더프는 순순히 물러나지 않았어요.

"좋다. 죽고 싶지 않다면 살려 주마. 대신 네 목을 끌고 다니며

오랫동안 사람들의 조롱거리로 만들어 줄 테다."

모욕적인 말을 듣자 맥베스는 참을 수 없었어요.

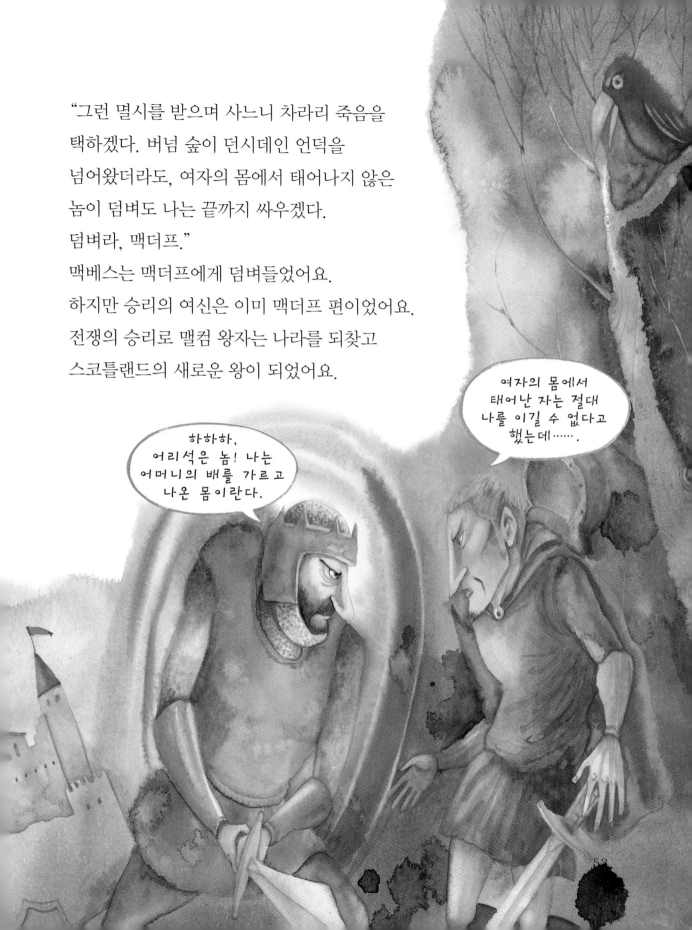

"그런 멸시를 받으며 사느니 차라리 죽음을
택하겠다. 버넘 숲이 던시데인 언덕을
넘어왔더라도, 여자의 몸에서 태어나지 않은
놈이 덤벼도 나는 끝까지 싸우겠다.
덤벼라, 맥더프."
맥베스는 맥더프에게 덤벼들었어요.
하지만 승리의 여신은 이미 맥더프 편이었어요.
전쟁의 승리로 맬컴 왕자는 나라를 되찾고
스코틀랜드의 새로운 왕이 되었어요.

여자의 몸에서
태어난 자는 절대
나를 이길 수 없다고
했는데…….

하하하,
어리석은 놈! 나는
어머니의 배를 가르고
나온 몸이란다.

53

한여름 밤의 꿈

결혼식 나흘 전

아테네의 테세우스 공작과 아마존의 여왕 히폴리타의 결혼식이 겨우
나흘 남았어요.

아테네 사람들은 성대하고 아름다운 결혼식을 기대했어요.

하지만 헤르미아라는 처녀의 얼굴에는 걱정이 가득했답니다.

헤르미아의 아버지 에게우스가 딸을 데메트리우스라는 청년과
결혼시키려 했기 때문이지요.

헤르미아는 라이샌더라는 멋진 청년을 사랑했어요.

물론 라이샌더도 헤르미아를 사랑했지요.

그런데 당시 아테네의 법에 따르면, 딸은 아버지가 정해 준 사람과
무조건 결혼을 해야 했어요.

에게우스는 딸이 자기 뜻을 어기고 라이샌더와 결혼하겠다고 고집을
부리자 테세우스 공작을 찾아가 법대로 처벌해 달라고 말했어요.

그리스의
수도 아테네에
있는 파르테논
신전이랍니다.

55

테세우스 공작은 사랑에 빠진 헤르미아를 처벌하고 싶지
않았지만 법을 바꿀 힘은 없었어요.
"헤르미아, 네 결혼식 날까지 앞으로 나흘 동안 잘 생각해 보아라.
그때도 아버지의 말을 거역한다면 너를 처벌할 수밖에 없다."
사랑에 눈이 먼 헤르미아와 라이샌더는 아버지와 테세우스 공작 몰래
아테네를 빠져나가 결혼하기로 마음먹었어요.
"헤르미아, 내일 밤 아테네 성문 밖 숲에서 만나 함께 도망칩시다."
둘은 굳게 약속했어요.
이렇게 헤르미아와 라이샌더는 서로 사랑했지만, 데메트리우스라는
청년도 헤르미아를 포기하지 않았어요.
그런데 더 불행한 일은 헤르미아의 친구인 헬레나가 데메트리우스를
사랑한다는 것이었어요.
원래는 데메트리우스도 헬레나를 사랑했는데, 언젠가 헤르미아를
만나고 한눈에 반해서 헬레나를 헌신짝처럼 버렸답니다.

피라모스와 티스베는 그리스 신화에 나오는 연인이지.

양쪽 집안의 반대로 사랑을 이루지 못하고 비극적인 죽음을 맞게 돼.

사랑이란 참으로 묘해서 더 아름답다고 사랑 받는 건 아니에요.

헤르미아는 까만 머리에 키가 작았고, 헬레나는 늘씬한 키에 푸른
눈동자와 금발이 무척이나 아름다운 아가씨였어요.

하지만 데메트리우스의 눈에는 헤르미아의 모습만 밝게 빛났어요.

연인들의 사랑이 헝클어진 실타래처럼 얽히는 동안
아테네 공장의 직공들도 바빠졌어요.

공장에서 일하는 부지런한 직공들은 공작의 결혼을
축하하기 위한 연극을 계획했지요.

"세상에서 가장 슬픈 연극이야. 피라모스와 티스베의
비극적인 죽음을 그린 작품이지."

직공 보텀은 동료들에게 연극을 소개하고, 남자
주인공 피라모스 역을 맡기로 했어요.

직공들은 내일 밤까지 대사를 다 외운 뒤 아테네
시민들 몰래 연극 연습을 하기로 했어요.

공작의 결혼식 때 모두를 깜짝 놀라게 하려는
것이었지요.

당연히 내가 주인공을 맡아야지.

57

오베론의 장난

아테네의 숲은 요정의 왕 오베론과 왕비 티타니아가 다스렸어요.
요정들은 사람의 눈에 보이지도 목소리가 들리지도 않았지만,
푸른빛이 가득한 숲 사이를 바람을 타고 날아다니기도 하고,
경쾌하게 흐르는 시냇물 위를 사뿐사뿐 걸어 다니기도 했어요.
그런데 오늘 밤은 요정들의 분위기가 무거웠어요.
오베론이 티타니아에게 잔뜩 화가 났거든요.
오베론은 티타니아가 데리고 있는 인도 소년이 탐이 나서 달라고
했지만 티타니아는 매몰차게 거절했어요.
그 뒤 두 사람은 숲 속에서, 초원에서, 시냇가에서 만날 때마다
으르렁거리며 싸우느라 숲은 점점 생기를 잃고 거칠어졌어요.
"티타니아, 왜 남편의 명을 거역하는 거요?"
오베론은 인도 소년에 대한 욕심을 버리지 못했어요.
티타니아 역시 절대로 양보하지 않았어요.
"요정 나라를 몽땅 줘도 저 애와는 바꿀 수 없어요. 나를 숭배한 재
어머니를 생각해서라도 나는 저 애를 잘 길러야 하거든요."
티타니아의 낭랑한 목소리가 온 숲에 울려 퍼졌어요.
오베론은 티타니아가 자신을 약 올리는 것 같아 기분이 나빴어요.
"두고 봐라. 너를 골탕 먹이고 저 아이를 꼭 빼앗아 오겠다."
오베론은 장난을 좋아하는 심술궂은 요정 퍼크를 불렀어요.

"퍼크, 서쪽 나라에 가서 야생 팬지를 가져오너라. 그 꽃즙을 잠든 이의 눈꺼풀에 바르면 깨어나서 처음 본 이를 미친 듯이 사랑하게 되지. 상대가 누구든 가리지 않고 말이다. 나는 야생 팬지의 즙을 얄미운 티타니아의 눈에 발라 줄 테다."

퍼크는 바람처럼 사라졌어요.

오베론은 티타니아가 마법에 걸려 우스꽝스러운 짓을 하는 동안 귀여운 소년을 훔칠 생각을 하니 벌써부터 즐거워졌어요.

그런데 사람들이 떠드는 소리가 오베론을 방해했어요.

소리의 주인공은 데메트리우스와 헬레나였어요.

데메트리우스는 헤르미아를 찾아 숲을 헤매는 중이었고, 헬레나는 울면서 그 뒤를 따르고 있었지요.

"헬레나, 제발 그만 좀 쫓아와. 내 마음엔 오직 헤르미아뿐이라고."

데메트리우스는 헬레나에게 모질게 소리쳤어요.

하지만 헬레나는 데메트리우스를 향한 마음을 거둘 수 없었어요.

"당신이 아무리 나를 구박해도 어쩔 수 없어요. 난 당신을 못 보면 살 수 없는걸요."

헬레나의 모습은 비참하다 못해 처참했어요.

오베론은 아름다운 아가씨가 가엾게 느껴졌어요.

그래서 퍼크가 야생 팬지를 구해 오면 청년의 눈꺼풀에 그 즙을 발라 아가씨를 쫓아다니게 하고, 헬레나는 청년을 피해 도망 다니게 만들겠다고 결심했지요.

곧 퍼크가 야생 팬지를 한 다발 가지고 돌아왔어요.

오베론은 꽃잎을 톡톡 두드리며 주문을 외웠어요.

퍼크는 앞으로 벌어질 일을 잔뜩 기대했어요.

"퍼크, 이 꽃잎을 들고 숲을 뒤져 보아라. 건방진 청년과

아름다운 아가씨를 발견하거든 청년의 눈꺼풀에 꽃즙을 발라

그 아가씨를 사랑하게 만들어라. 그 청년은 아테네 옷을

입었으니 금방 알아볼 수 있을 것이다."

퍼크는 신이 나서 청년을 찾아 나섰어요.

오베론은 꽃을 들고 티타니아의 침실로 찾아갔어요.

티타니아는 아름다운 꽃침대에 누워 곤히 자고 있었어요.

오베론은 마법의 꽃즙을 티타니아의 눈꺼풀에 살짝 발라

주었어요.

"그대가 잠에서 깨어나 처음 보는 것이 그대의 사랑이

될 것이다. 그것이 곰이나 멧돼지일지라도 말이다."

오베론은 장난이 성공하기를 바라며 살금살금

사라졌어요.

엇갈린 사랑

라이샌더와 헤르미아는 숲 속의 빈터에 다다랐어요.
발바닥은 퉁퉁 부어올랐고, 피곤이 밀려왔어요.
둘은 숲 속의 빈터에서 잠깐 눈을 붙이기로 했어요.
"잘 자요, 소중한 내 사랑. 우리 삶이 끝나는 날까지
당신의 사랑이 변하지 않기를 바랍니다."
헤르미아가 라이샌더에게 속삭였어요.
"나도 당신과 똑같은 심정이오."
라이샌더도 애정 어린 목소리로 대답했어요.
둘은 풀밭에 나란히 누웠어요.
그런데 오베론의 명령으로 아테네 옷을 입은 청년과
아가씨를 찾던 퍼크의 눈에 두 사람이 보였어요.
"아테네 옷을 입은 청년이다."
퍼크는 라이샌더의 눈에 마법의 꽃즙을 발랐어요.
한편, 데메트리우스는 자신을 쫓는 헬레나를
피해 숲 속 깊이 달아났어요.
데메트리우스의 뒷모습만 쫓던 헬레나는 어둠에
잠긴 숲에서 그만 길을 잃고 말았어요.
헬레나는 정신없이 숲 이곳저곳을 헤맸어요.
그러다 그만 누군가의 팔을 밟았어요.
"아얏!"

헬레나에게 밟힌 사람은 숲에서 잠든 라이샌더였어요.
라이샌더는 마법의 꽃즙을 바른 눈을 번쩍 떴어요.
"아아, 이렇게 아름다운 헬레나를 두고 내가 어떻게 지금까지
까마귀처럼 시커먼 헤르미아를 사랑했단 말인가?"
라이샌더는 헬레나를 보자마자 사랑에 빠졌어요.
하지만 헬레나는 라이샌더마저 자신을 놀린다고 생각하고
울면서 숲 속의 빈터에서 뛰쳐나갔어요.
당연히 라이샌더는 헬레나의 이름을 부르며 쫓아갔지요.
헤르미아는 그것도 모른 채 계속 잠을 자다가 독사가 몸을
휘감는 끔찍한 꿈을 꾸고 소스라치게 놀라 일어났어요.

65

뽕!

연극을 준비해야 하는데 다들 어디로 간 거야.

"라이샌더가 날 두고 어디로 갔지?"
헤르미아는 라이샌더를 찾으러 숲 속
깊숙이 들어갔어요.
그런데 바로 그 숲 속의 빈터에서 직공들이
연극 연습을 준비하고 있었어요.
직공들은 테세우스 공작의 결혼식에 펼쳐 보일
연극을 위해 달빛이 비치는 숲으로 몰려왔어요.
직공들은 서로 자기가 잘한다고 우겨 댔어요.
특히 보텀은 자기 혼자 연극을 하는 것처럼 떠들어 댔지요.
요정 퍼크는 잘난 척하는 보텀의 모습을 요리조리 살펴보더니 짓궂은
미소를 지었어요.
퍼크는 보텀의 뒤로 가서 살짝 귀를 만졌어요.
그러자 보텀의 귀가 길어지며 털이 쑥쑥 돋았어요.
코도 자라고, 눈도 크고 검게 변하고, 얼굴에도 갈색 털이 돋더니
머리가 진짜 당나귀처럼 변하는 게 아니겠어요.
"으악!"
갑자기 변한 보텀의 모습에 다른 직공들이 놀라 도망갔어요.
보텀은 제 얼굴이 변한 걸 모르고 친구들을 소리쳐 불렀지요.
"이봐, 왜 그래? 돌아와! 연극 연습을 계속해야지."
꽃침대에서 잠자던 티타니아가 보텀의 소리에 놀라 깨어났어요.
티타니아는 마법의 꽃즙을 바른 눈꺼풀을 떴어요.
그때 커다란 당나귀 머리를 한 남자의 모습이 눈에 들어왔지요.

"저렇게 멋진 천사가 나를 깨웠구나."

티타니아는 보텀 곁으로 날아갔어요.

"정말 다정한 목소리예요. 당신을 사랑해요."

티타니아의 갑작스러운 애정 공세에 보텀은 당황했어요.

"사랑이라니? 부인께서 뭔가 착각하고 계시는군요. 저는 이 숲에서
나가고 싶을 뿐입니다."

보텀은 애써 침착하게 대답했어요.

하지만 티타니아는 보텀을 놓아줄 수 없었어요.

"여기서 나가다니요? 당신은 이 숲에서 나갈 수 없어요. 내가 당신을
진심으로 사랑하니 여기서 나와 함께 지내요."

티타니아는 보텀의 당나귀 귀에 사랑을 속삭였어요.

물론 요정들에게 보텀의 시중을 들도록 명령했지요.

보텀은 갑작스러운 티타니아의 사랑이 부담스러웠지만 요정들을
부리는 것이 재미있어 이 상황에 적응해 보기로 했어요.

당신처럼 멋진 사람은 처음이에요.

어쨌든 기분은 좋군!

퍼크의 실수

티타니아가 마법에 빠진 걸 안 오베론은
무척 기뻤어요.
퍼크는 오베론을 더 기쁘게 해 주려고
자신이 청년의 눈에 마법의 꽃즙을 바른 걸
이야기했어요.
그때 그 젊은이들이 숲 속으로 들어서고
있었어요.
먼저 헤르미아가 바람처럼 달려왔어요.
데메트리우스가 그 뒤를 쫓아와 사랑을
고백했지요.
헤르미아는 데메트리우스가 따라오는 게
귀찮았지만 그보다 라이샌더에 대한
걱정으로 애가 탔어요.
"데메트리우스, 당신이 혹시
라이샌더를 죽이기라도
했나요? 라이샌더는 도대체
어디에 있죠?"
"당신을 사랑하는 게
살인죄를 덮어쓸 만큼
잘못이오?"

모두 날
놀리는군요?

헬레나,
내겐 오직
당신뿐이라오.

헬레나,
내 사랑!

데메트리우스는 억울하기 짝이 없었어요.

이 모습을 지켜본 오베론은 퍼크를 노려보았어요.

"대체 어떻게 한 거냐? 왜 아직 저 청년이 헤르미아를 사랑하느냐?
저 청년이 금발의 아가씨를 사랑하게 만들라고 했거늘……."

"예? 저 청년은 제가 마법을 건 사람이 아닌데요."

퍼크는 자신의 실수를 인정했어요.

하지만 사람들끼리 말다툼하는 모습이 재미있어 죽겠다는
표정이었지요.

"어서 숲을 뒤져서 헬레나를 찾아오너라."

오베론은 화가 나서 명령했어요.

퍼크가 헬레나를 찾으러 간 사이, 지친 데메트리우스가 잠들자
오베론은 그의 눈꺼풀에 마법의 꽃즙을 발랐어요.

헬레나는 사랑을 맹세하며 달려오는 라이샌더를 피해 계속
달아났어요.

그러다 데메트리우스가 누워 있는 곳까지 오게 되었어요.

헬레나의 소리에 눈을 뜬 데메트리우스는 마법의 꽃즙 탓에
헬레나에게 반했어요.

"헬레나, 나의 여신, 나의 요정! 내 사랑!"

데메트리우스가 탄성을 질렀어요.

헬레나는 이 모든 게 믿기지 않아 뒷걸음질 쳤어요.

"두 사람 모두 나를 놀려요? 당신들은 헤르미아를 사랑하잖아요?
약한 여자를 모욕하다니, 이건 너무해요."

헬레나가 소리쳤어요.

그때 이 소동 속으로 헤르미아가 뛰어왔어요.

"오! 라이샌더, 어디 갔던 거예요?"

헤르미아가 라이샌더에게 반갑게 말했어요.

하지만 라이샌더의 목소리는 차갑기 이를 데 없었지요.

"내가 당신 옆에 있어야 할 이유라도 있소?"

헤르미아는 놀란 눈으로 라이샌더와 데메트리우스를 보았어요.

두 사람의 눈은 헬레나에게 고정되어 있었어요.

"헬레나, 내 사랑, 내 생명, 내 영혼!"

"헬레나, 내가 사랑하는 이는 오직 당신뿐이오."

헤르미아는 어제까지 자신에게 사랑을 맹세하던 두 사람이 헬레나의
사랑을 얻으려고 애쓰는 모습을 보고 어이가 없었어요.

헬레나도 도저히 이해할 수가 없었어요.

"모두들 나를 놀리는군요. 그렇지? 헤르미아, 어쩜 너까지 그럴 수
있니? 어린 시절부터 쌓아 온 우리의 우정조차 잊었니?"

헬레나가 흐느꼈어요.

헤르미아 역시 헬레나가 원망스러웠어요.

"너야말로 어떻게 이럴 수 있니? 도둑처럼 내 사랑을 훔쳐 가다니."

"도둑이라고? 이 쪼그만 꼭두각시야!"

헬레나도 지지 않고 외쳤어요.

"쪼그만 꼭두각시? 그래서 네가 라이샌더의 마음을
빼앗았니? 이 꺽다리야!"

헤르미아는 이성을 잃은 채 악을 쓰며 헬레나에게 달려들었어요.

그러자 라이샌더가 날쌔게 헬레나를 막아섰어요.

데메트리우스는 라이샌더가 헬레나를 보호하겠다고 나서는 꼴을 볼
수가 없어서 결투를 신청했어요.

두 남자는 결투에 알맞은 장소를 찾아 떠났어요.

모든 상황을 본 오베론은 무서운 눈으로 퍼크를 노려보았어요.

"이게 다 네 실수 때문에 일어난 일이야."

"용서해 주세요. 저는 분부대로 아테네 옷을 입은 청년에게 마법의
꽃즙을 발라 주었을 뿐입니다."
"저 인간들이 싸울 장소를 찾아 나섰다. 어서 숲에 안개를 내려
인간들이 서로를 보지 못하게 하라. 그리고 이 꽃즙을 라이샌더의
눈꺼풀에 발라 주어라."
오베론이 엄한 목소리로 명령하자, 퍼크는 쏜살같이 날아가서 숲에
안개를 뿌렸어요.
짙은 안개 때문에 라이샌더와 데메트리우스는 서로의 모습을 볼 수도
없어 싸움을 할 수 없었어요.
두 사람은 안개 속을 헤매다 지쳐 쓰러졌어요.
헬레나도 숲 밖으로 나갈 길을 찾다 지쳐서 그 옆에 쓰러졌지요.
"아직 세 사람뿐이네."
퍼크가 공중을 뱅뱅 돌며 말했어요.

전 시키는
대로 했을
뿐인데……．

이게 다
네 탓이라고!

마침 라이샌더를 찾아 헤매던 헤르미아도 근처에서 쓰러졌어요.
"이제 네 사람 모두 나타났으니 마법을 걸어 볼까?"
네 사람은 잘 몰랐지만 그들은 서로 가까운 곳에 누워 있었어요.
저마다 마음속에 간직하고 있는 연인의 바로 옆이었지요.
퍼크는 라이샌더의 눈꺼풀에 마법의 꽃즙을 발라 주었어요.
한편, 숲 한쪽에선 티타니아가 보텀에게 사랑을 속삭이고 있었어요.
보텀은 요정들을 부리며 뜻밖의 멋진 휴가를 즐겼어요.
"콩꽃 요정, 내 머리를 좀 긁어 다오. 거미집 요정은 꿀주머니를
가져오고, 겨자씨 요정은 등 좀 긁어 줄래?"
티타니아는 흉측한 당나귀 얼굴을 한 보텀이 귀여워서 어쩔 줄
모르겠다는 표정으로 바라보다 잠이 들었어요.
오베론이 인도 소년을 빼앗아 간 사실도 까맣게 모른 채 말이에요.

한여름 밤의 꿈

잠시 후, 오베론이 잠든 티타니아에게 다가왔어요.

오베론은 티타니아의 얼굴 가까이 몸을 구부리고 마법을 푸는 주문을
외웠어요.

"티타니아, 눈을 떠 보시오. 사랑하는 나의 여왕이여."

"오베론, 참 이상한 꿈을 꾸었어요. 내가 당나귀에게 반하다니."

티타니아는 눈을 뜨자마자 이상한 꿈 이야기를 했어요.

"그 당나귀가 바로 저기 누워 있소."

"아악! 어떻게 이런 일이."

티타니아는 당나귀 머리를 한 보텀이 자신의 꽃침대에 누워 있는
것을 보고 몸서리를 쳤지요.

오베론은 자신의 장난을 사과하고 티타니아에게 화해를 청했어요.

그리고 자신의 숲에 잠든 연인들을 함께 축복하자고 말했어요.

티타니아도 오베론의 화해를 받아들였어요.

그때 멀리서 아침을 알리는 종달새의 울음소리가 들려왔어요.

새의 울음소리와 함께 숲 속의 빈터에 새로운 사람들이 나타났어요.

테세우스 공작과 약혼녀 히폴리타였어요.

두 사람은 사냥개를 앞세우고 뿔나팔을 불며 경쾌하게 숲으로
들어오다가 땅바닥에 쓰러져 자고 있는 네 젊은이를 보고는 깜짝
놀랐어요.

"뿔나팔을 불어서 저들을 깨워라."

잠에서 깬 네 사람은 자신들이 왜 그곳에서 자고 있는지
설명할 수 없었어요.
"저는 헤르미아와 함께 이리로 왔습니다."
라이샌더는 헬레나를 사랑했던 기억이 이미 지워졌어요.
데메트리우스도 알 수 없는 힘에 끌려서 헬레나를 사랑하게 되었다는
사실만 기억했어요.
테세우스 공작은 그동안 얽히고 설킨 사랑의 실타래가 아주 깨끗이
풀린 것을 알아차렸어요.
그래서 헤르미아의 아버지가 부탁했던 곤란한 문제를 말끔히
정리할 수 있게 되었지요.
공작은 두 쌍의 연인들과 함께 결혼식을 올리자고 했어요.
"우리가 꿈을 꾼 건가?"
네 젊은이는 어리둥절했어요.
숲 속의 빈터에 따사로운 아침 햇살이 눈부시게 빛났어요.
그런데 이곳에 아직 한 사람이 잠들어 있었어요.
이윽고 잠에서 깬 보텀은 자신이 왜 여기서 자고
있는지 알 수가 없었어요.

"내가 왜 여기에 있지? 내가 잠든 사이에 모두 집에 간 거야?"
주위를 둘러보던 보텀은 자신을 토닥거려 주던 요정 여왕에 대한
기억이 어렴풋이 떠올랐어요.
"정말 이상한 꿈을 꾸었어. 말로는 설명할 수 없는 멋진 꿈이었지."
보텀이 중얼거렸어요.

드디어 결혼식 날이 되었어요.
성대한 잔치와 떠들썩한 연극 공연이 끝나자 오베론
왕과 티타니아 왕비가 요정들을 이끌고 공작의 궁전으로
내려와 모든 이들을 축복해 주었어요.
요정과 인간들이 숲에서 겪은 이 이야기는 한여름
밤에 꾼 신기루 같은 꿈이었을까요?

아주
행복해요!

윌리엄 셰익스피어는 누구?

셰익스피어가 다녔던 문법 학교.

셰익스피어와 그의 동료들.

셰익스피어의 무덤이 있는 홀리 트리니티 교회.

♥ 당대 최고의 인기를 누린 극작가

윌리엄 셰익스피어는 1564년 4월 영국의 스트랫퍼드어폰에이번에서 태어났어요. 13세 무렵 집안 형편이 어려워져, 문법 학교를 졸업한 뒤 법률 사무소 서기 등으로 일하면서 가끔 순회 극단의 공연을 보고 배우가 되려는 꿈을 키웠지요. 그리고 21세에 런던으로 가서 마침내 배우로서 바라던 무대에 서게 되었답니다.

셰익스피어는 배우 생활을 하면서 틈틈이 자신이 생각했던 것들을 희곡으로 썼어요. 그의 첫 창작 희곡은 런던에서 대단한 인기를 끌었어요.

이때부터 본격적으로 작품을 써서 〈로미오와 줄리엣〉을 비롯해 〈한여름 밤의 꿈〉, 〈베니스의 상인〉, 〈햄릿〉, 〈오셀로〉, 〈리어 왕〉, 〈맥베스〉 등 37편의 희곡을 남겼어요.

♥ 영국이 자랑하는 천재 작가

셰익스피어는 영국이 낳은 국민 시인이며, 가장 뛰어난 극작가로 손꼽힌답니다. 엘리자베스 여왕은 셰익스피어를 영국의 가장 큰 식민지인 인도와도 바꾸지 않겠다고 했고, 동료 작가인 벤 존슨은 '한 시대의 작가가 아닌 전무후무한 작가'라고 칭찬했답니다. 셰익스피어의 가슴 아픈 비극과 유머 넘치는 희극 작품들은 시대를 뛰어넘어 오늘날에도 수많은 나라에서 책으로 출판되고 있어요. 또한 영화와 연극으로 만들어져 많은 사람들의 마음을 사로잡고 있답니다.

셰익스피어가 손녀에게 물려준 나시 하우스. 런던에서 돌아온 셰익스피어가 1616년 52세로 죽을 때까지 살았던 집.

〈리어 왕〉 쏙쏙 알아보기

1623년 체임벌린 극단 단원들이 최초로 출간한 셰익스피어 전집의 표지.

셰익스피어 연극 전문 극장인 왕립 셰익스피어 극장.

♥ 줄거리

리어 왕 | 리어 왕은 자신에게 아첨하는 맏딸과 둘째 딸에게 영토를 물려주고, 정직한 막내딸을 프랑스 왕에게 시집보내 쫓아 버립니다. 그러나 나라를 물려받은 두 딸에게 구박당하자 미쳐 버리지요. 이 사실을 전해 들은 막내딸은 군대를 이끌고 와서 언니들과 싸우지만 포로가 되어 감옥에서 죽임을 당합니다. 그리고 리어 왕도 막내딸의 죽음에 충격을 받고 세상을 떠나지요.

맥베스 | 마녀에게서 장차 왕이 되리라는 예언을 들은 맥베스 장군은 덩컨 왕을 죽인 뒤 왕위에 오릅니다. 그후 맥베스는 양심의 가책에 괴로워하면서도 자신의 왕위를 노린다고 여겨지는 사람들을 무참히 죽이지요. 이로 인해 유령을 보게 되고 점점 포악해져요. 맥베스는 다시 마녀를 찾지만, 마녀들은 교묘한 말로 맥베스가 망하지 않을 거라고 말해요. 맥베스는 그 예언을 믿었지만 결국 맥더프에게 져 죽고 맙니다.

한여름 밤의 꿈 | 헤르미아와 라이샌더는 연인 사이지만 딸을 데메트리우스에게 시집보내려는 헤르미아의 아버지를 피해 도망치려고 밤중에 숲에서 만나기로 합니다. 그런데 헤르미아를 짝사랑하는 데메트리우스와, 또 데메트리우스를 짝사랑하는 헬레나가 쫓아와 한바탕 소동이 벌어지지요. 그러자 요정의 왕은 마법의 꽃즙으로 데메트리우스가 헬레나를 사랑하게 만들고, 라이샌더와 헤르미아는 자신들의 사랑을 지키게 됩니다.

정직한 사람의 말은
듣기는 싫어도
아첨하는 말보다 훨씬
유익하답니다.